DELÍRIOS IBÉRICOS

Gustavo Wegher

KOTTER
EDITORIAL

Coordenação Editorial: Sálvio Nienkötter
Editor-Executivo: João Lucas Dusi
Editor-adjunto: Daniel Osiecki
Capa: Paula Villa Nova
Design editorial: Carlos Garcia Fernandes
Produção: Cristiane Nienkötter
Revisão e preparação de originais: O Autor

Dados Internacionais de Catalogação na Publicação (CIP)
Angelica Ilacqua CRB-8/7057

Wegher, Gustavo
Delírios ibéricos / Gustavo Wegher. — Curitiba : Kotter Editorial, 2023.
96 p. : il

ISBN 978-65-5361-193-1

1. Ficção brasileira I. Título

CDD B869.3

23-2399

KOTTER EDITORIAL

Kotter Editorial Ltda.
Rua das Cerejeiras, 194
CEP: 82700-510 - Curitiba - PR
Tel. + 55(41) 3585-5161
www.kotter.com.br | contato@kotter.com.br

Feito o depósito legal
1ª Edição
2023

DELÍRIOS IBÉRICOS

Gustavo Wegher

Erlangen ▸ Memmingen ▸ Faro
Faro ▸ Lisboa ▸ Porto ▸ Barcelona ▸ Palma
Palma ▸ Berlin
Berlin ▸ Nürnberg
Portugal
Porto
Lisboa
Faro
Barcel
Palma
Espanha

DELÍRIOS IBÉRICOS

A viagem começou bem: não dormi nada durante a noite, pois estava resfriado, e deixamos o Lúcio na cidade que moramos (Erlangen, em Franken – não Bayern). Deixamos para trás porque ele não se importou em perguntar quando iríamos viajar, não sei que passagens comprou e ele não retornava minhas ligações. Também não se importou em visitar ou perguntar sobre um amigo doente, o Klatt, que se não tivesse sido levado pela Heloísa às 6h30 da terça-feira passada não estaria mais entre nós. Ele passou por uma cirurgia de coração que durou oito horas, não estando na sua terra natal – o que, por outro lado, foi bom. Não acho que uma ambulância consiga trafegar rápido pelo Rio de Janeiro.

Ver meu amigo daquele jeito mexeu muito mais comigo do que eu esperava. Hugh Laurie, interpretando o House, diz que "quase morrer não muda nada... morrer muda", mas acho que depende de como você analisa a situação... e eu analisei a minha. Se deveria largar engenharia para abrir um bar em Florianópolis, porque às vezes penso ser um melhor cozinheiro do que estudante de engenharia. Vejo *House of Cards* e toda essa porcaria política, e acho que o cara mais realizado ali era o Freddy, que fazia as costelas no subúrbio.

Ainda repensando, cheguei à conclusão de que ainda quero ser engenheiro. Foi isso que me trouxe aqui, e é para isso que o governo pagou meu intercâmbio. Devo então, no mínimo, contribuir tecnologicamente com o desenvolvimento do meu país. Meu país, que no momento passa por uma crise econômica ferrenha, que parece regredir nos aspectos evoluídos nos últimos quinze anos. Meus amigos de lá não conseguem estágio. Minha conclusão é que devo ficar o máximo possível, caso contrário passarei os próximos três anos tentando sobreviver e ajudando meus pais na panificadora ao invés de desenvolver tecnologia. Tenho que estagiar, trabalhar, aprender, e é por isso que vou ficar o máximo possível na Alemanha. A primeira consequência disso já veio: terminei um relacionamento de seis anos. Tudo aconteceu essa semana. Também acontecia a Bergkirchweih, o festival de cerveja tradicional de Erlangen, que me agrada imensamente mais que a Oktoberfest. Tem lugar pra sentar, e toca "Ein Prosit" umas trinta vezes menos que na Oktober.

Mas era hora de descansar. Estávamos indo para Memmingen eu e o Dudu, usando o Bayern-Ticket, para pegar um avião para Portugal. Na promessa, lombo, leitão, bacalhau, vinho do Porto. Um cara no trem bebia Warsteiner às 11h37, um loiro grisalho com uma camiseta de banda, e essa é uma das coisas que eu adoro na Alemanha, poder beber no trem a hora que quiser. Esconder uma cerveja num saco, como nos EUA, não faz meu estilo.

Estar resfriado me incomoda muito, já que normalmente estou de camiseta enquanto os outros estão de casaco. Uma das vantagens de vir de Curitiba: se você não amar o frio, vai viver reclamando. E já reclamamos de muita coisa o tempo todo. O tempo agora entre Ingolstadt e Augsburg parece mais com um domingo curitibano que qualquer outra coisa, o que não contribui com meu resfriado. A minha maior preocupação, no entanto, é que nossa mochila, com volume tão bem estimado quanto os cálculos da finada ciclovia Tim Maia, encaixe nos padrões da companhia aérea Ryanair, muito conhecida e utilizada por diversos estudantes com *low-budget*. Saímos cedo o suficiente para não atrasar, com exceção do Lúcio, ainda sem notícias dele. De repente foi visitar o Klatt.

O aeroporto de Memmingen é o menor que já vi na vida. Testamos as malas na caixa da Ryanair e encaixou, então não devemos ter problema, com exceção do outro Gustavo, cujo trem atrasou. Não sei mais quantos seremos até o final, as pessoas têm ficado pelo caminho antes mesmo de começarmos essa viagem. Tomo um café, esperando que minha garganta melhore, e o gosto equilibra com o fato de a cerveja ser muito boa aqui na Alemanha. O café é terrível. Só ter café alemão em casa com certeza influenciou para tudo acontecer naquela semana, meu café e feijão do Brasil acabaram. Posso encontrar o café mais forte do mercado, e ainda tem gosto mais azedo que amargo.

Como chegamos cedo, tivemos que esperar por duas horas até podermos entrar na sala de embarque. O Dudu estava visivelmente impaciente pelo tempo e pela internet do aeroporto, que não funcionava. Lembramos como Wien e Luxembourg possuem Wifi grátis pela cidade. Decidi ligar para o Carlão, velho amigo meu e do meu pai, e pedir uma receita de bacalhau que fizemos há uns três anos no Natal ou no Ano Novo lá em casa. Ele pareceu animado em falar comigo e falou para eu não trincar o rim das alemãs.

O outro Gustavo chegou a tempo do embarque. Ao entrarmos no Duty Free, me deparei com uma garrafa de Captain Morgan, responsável por algumas perdas de memória na minha casa, como no dia em que o Klatt quebrou um copo de shot trazido de Sankt-Petersburg. O copo era dele, e ele ficou com tanto receio de usar o segundo copo que este está lá em casa até hoje. Quero comprar uma garrafa para meu aniversário, dia 9 de junho. Já no avião, entre um sonho e outro, fico com Engenheiros do Hawaii na cabeça e termino uma cenoura que trouxe na mochila. Anúncios de *snacks* à frente do assento deveriam ser proibidos. Olho para fora e as nuvens parecem dunas brancas ou ondas, fluindo vagarosamente como uma coisa só. Pode ser saudade do mar também. Mas do mar, não da água em si: se não tivesse entrado no rio Regnitz no domingo, provavelmente não estaria resfriado.

A última vez que fui à praia deve ter sido no Paraná, e tomei uma garrafa de rum Montilla, se é que dá pra chamar de praia e de rum. Descobri no outro dia que havia sido trazido de volta no camburão da polícia por um policial gente boa e uma bela sargento, que foram chamados por moradores do local. Parece que eu estava pulando de casa em casa para procurar a casa certa, o que explicou algumas feridas nas minhas mãos quando acordei. O policial pediu gentilmente que maneirássemos nas substâncias que estávamos usando, e riu sarcasticamente quando disseram para ele que era apenas álcool. Não ter certas memórias pode ser tão divertido quanto ter algumas. Não seria a vida feita mais de perdas do que ganhos? Mas lembranças são tão poderosas quanto perdas, e é por isso que me sinto brisado quando ouço o álbum "Wish you were here", do Pink Floyd, e por isso não lavei as cobertas com o cheiro dela. A viagem caiu em uma boa hora para esquecer dela e pensar nela.

Uso o tempo de descida para refletir no que posso ou não falar para a guria que irá nos receber. Ouvi que ela é paulista e acha o pessoal do Sul muito bairrista, então melhor não dizer que Curitiba é a melhor e mais limpa capital do Brasil, que é o único lugar onde o transporte público funciona (ou funcionava, ainda estou esperando o tal metrô), que as melhores praias ficam em Florianópolis e que São Paulo capital é suja que dói. Parece bastante coisa para não dizer. Com sorte, o Dudu a ocupará numa discussão milenar entre Bolacha e Biscoito, já que ele é carioca. Ele é um bom carioca: curitibanos são chatos e cariocas, folgados. Se mantenho esse por perto, das duas uma: ou ele é muito gente boa, ou ele é muito chato também. Já dá pra ver o mar, minha garganta arranha e só consigo pensar em vinho português, embora não conheça muito sobre. Quando meu pai bebia, comprava para mim o Periquita. Vejo ilhas com umas ranhuras, como se cortadas por um raio. Me lembra das figuras de Lichtenberg, efeito da quebra da rigidez dielétrica em sólidos. Minha garganta ainda incomoda. Que o vinho traga alívio imediato.

A guria que nos recebeu no aeroporto era bonita. Morena, 1,75m de altura, belas pernas, relativamente bronzeada. Nos levou ao "Forum de Algarve", o shopping deles, com o carro que alugamos. Chegando lá, ela falou de um restaurante em que poderíamos comer comida brasileira por cinco euros: feijão, arroz, farofa e bife. Quando falo bife é de boi, já que na Alemanha só temos porco praticamente. A picanha deles parecia alcatra, pois alguém achou que seria uma boa ideia tirar a camada de gordura e cortar fino feito uma borboleta, mas valeu a pena sentir o gosto do Brasil de novo.

Fomos ao mercado no shopping para comprar comida para os próximos dias. É surpreendente como há vinhos baratos. A seção de cervejas conta com algumas belgas, mas muito caras para valer a pena. Compramos então o café da manhã, dois quilos de feijão para levar para a Alemanha, três garrafas de vinho e duas caixas de cerveja. Aqui dá para comprar de 200 ml, o que parece um *shot* de cerveja comparado aos tamanhos alemães.

Saímos do shopping e após algumas confusões com o endereço, já que a guria disse que normalmente só anda a pé e por vielas, e não está acostumada a ir de carro, chegamos em casa. O pessoal que mora aqui é gente boa, são duas paulistas e um gaúcho bandeado pra Santa Catarina. Nem o hino sabe cantar, mas pelo menos admite que a Polar é uma das melhores cervejas do Brasil. Abrimos uma garrafa de Castelomor 2015, vinho regional alentejano. Realmente prefiro vinho italiano ou chileno, mas provar em um copo normal mata alguns sabores do vinho. Na metade da garrafa conseguimos programar os próximos três dias, assim espero. No final, já passamos por discussões de economia, recessão, crise, empreendedorismo. A guria nos conta como era trabalhar como economista em São Paulo, numa empresa que não citarei o nome, mas é conhecida por desenvolver produtos lácteos que, ao serem degustados sem qualquer tipo de talher, iniciam nas artes masculinas do sexo oral. Nos contou que volta e meia iam trabalhar tomando café no Starbucks e era divertidíssimo, mas que tudo era feito para compensar a culpa deles nos procedimentos feitos para mascarar contas, gastos e outras coisas que não sei descrever. O vinho começa a ficar mais gostoso, e decidimos ir dormir.

Acordamos tão cedo quanto possível para aproveitar as praias. Enchemos o *cooler* de Super Bock (a única Bock que conheço que é cerveja lager clara) e fomos para a Praia do Castelo, eu, o Dudu, o outro Gustavo e as duas paulistas. Descendo a escada para a praia pudemos ver cadeiras e mesas sobre a areia, que logo descobrimos serem pagas quando um português veio nos cobrar, 30 segundos após sentarmos nelas. Continuamos andando para a esquerda de onde havíamos entrado, escolhemos um lugar na areia e sentamos, passamos protetor (câncer de pele é coisa séria) e logo abrimos uma bera. A areia era grossa, quase mais composta de pedaços de concha do que grãos de areia em si, lembrando a areia da Praia do Estaleirinho, segundo o Gustavo. Falando nele, não o vi passando protetor nas costas. Ficamos ali tomando cerveja e olhando o mar, e conversando. Essa cerveja parece água, e não dá pra deixar esquentar, se não fica com gosto de porcaria. Na Alemanha não há praias, aqui não há cervejas. "You can't always get you want." Algumas horas depois fomos para a Praia de San Rafael, tão bonita quanto a primeira. Há formações rochosas belas em todo o lugar, não faço ideia do nome, mas a Heloísa e o Klatt saberiam, como são dessa área de estudo. Nessa, além de sentar e tomar cerveja, fizemos uma "trilha" de 25 minutos para observar os buracos nas rochas e, sem querer, um casal meio escondido. Eles não estavam ligando muito para as formações rochosas. Seguimos na trilha, observamos a praia de cima. Eu realmente havia sentido falta disso.

Mais algum tempo, com direito até a cochilo na areia, seguimos para Arrifes. Nesta, só olhamos a praia de cima. Mais rochas que não faço ideia dos nomes. Logo seguimos para a Praia das Falésias, finalmente uma formação que sei o nome. Também não nos demoramos muito. A areia era realmente laranja, e algumas das falésias eram brancas.

Após discutir se iríamos fazer hambúrgueres ou não, alguém sugeriu comermos no mesmo lugar do dia anterior, o que tinha comida brasileira. Viemos para casa tomar banho e ainda dormimos por uma hora – tomar cerveja e ficar na praia o dia todo cansa mais do que eu me lembrava. Fomos jantar, e dessa vez comi o bacalhau com natas. Discutimos a eficiência do Tinder, rede social usada para encontrar gente para "ficar", e as gurias reclamaram da qualidade dos portugueses e de como os espanhóis são loucos. Elas também contaram que uma conhecida delas tem noivo no Brasil e ganhou o prêmio de melhor casal do Erasmus, um programa de intercâmbio da Europa, com um inglês. "The lady and the Tramp", mas acho que ele é a lady em questão. Os piás também usam de vez em quando o tal Tinder, mas não saíram até agora com nenhuma guria que falaram e disseram que as alemãs não respondem. Acho que sou muito *old school* pra isso.

Compramos um bacalhau no mercado, estou prometendo pro Dudu faz tanto tempo que tenho medo que fique uma porcaria. Batatas, cebola, vagem, pimentão, azeite, azeitonas, cerveja. Quase dois quilos de posta. O Caffé me disse uma vez que não comprar um peixe inteiro de um português era falta de educação. Estávamos em Brüssels, em um festival de cerveja, e ele levou um bacalhau de três quilos até Köthen, uma pequena vila entre Magdeburg e Leipzig, na volta. Ao sair de Brüssels, ainda ficamos umas sete horas em Amsterdam. O Caffé é um carioca que conheci quando fiz o curso de línguas em um feudo de 20 mil habitantes, chamado Schmalkalden, em Thüringen. Acho que nossa amizade é acima de qualquer princípio, pois temos bem pouco em comum – mas, talvez, o mais importante. Se ele estivesse aqui, com certeza gourmetizaria o meu bacalhau. Costumávamos cozinhar sempre, e já nos encontramos umas cinco ou seis vezes pela Europa, a última em Sankt-Petersburg com a minha mãe. Agora ele mora em Berlin, e devo encontrar com ele na volta. Um pouco antes de sair do mercado, demos fim à discussão sobre Biscoito vs. Bolacha: havia uma placa escrita "Cookies" e, logo abaixo, "Bolacha". De volta à casa, bacalhau deixado na água gelada, banho tomado, saímos pela cidade. Passamos por um bosque, depois pelos paralelepípedos da calçada. É estranho que as pedras grudam na bota, como se fosse um chão de boate pelas três da manhã. Seguimos pelo que parecia um centro, um calçadão, tudo já fechado. Ouvi as gurias falarem sobre meu estereótipo, quando falei que achava bonito mulher de coturno. Eu estava indo para uma boate de botas, calça preta e uma camiseta do Deep Purple, capa do álbum "Perfect Strangers", então acho que parte da culpa era minha. Passamos por uma boate cuja entrada era 300 euros e seguimos por uma viela onde ficavam os bares e boates da cidade, a Rua do Prior, até a First Floor. No caminho, havia um pub com uma imagem e uma suposta frase do Che Guevara... se fosse um pub inglês de verdade, deveria ser do Winston Churchill, pensei.

Passamos por um segurança que inicialmente só queria deixar as duas entrar. O lugar se chamava First Floor. As gurias pegavam cervejas para nós, pois tinham desconto. 50 centavos por 200 ml, justo pela qualidade da cerveja. De cara, melhor do que as boates que frequentamos em Erlangen... os alemães não sabem fazer uma boa seleção de músicas para festa, mas ao menos gostam de Beatles. Curiosamente, os Beatles tinham algo com Hamburg, e todos falam das festas e boates por lá – estive também lá com minha mãe e foi muito difícil achar um local para tomar uma cerveja que não tivesse neon e música alta demais para se conversar. Mas estávamos em Faro, e ali na boate tocavam coisas boas, como Bruno Mars, que considero um dos poucos artistas atuais bons. Tocou também "Anna Júlia", dos Los Hermanos, e a essa hora o Dudu estava querendo que todos pulassem que nem ele. Eu estava devagar na cerveja. Ele chamou um português de viado no banheiro, mas o cara só ficou irritado com ele. Pelas três estávamos os quatro indo embora – o pseudogaúcho veio com a gente. No caminho de volta, o Dudu mostrou que tinha roubado um copo da boate, e não sabia se levava para casa ou quebrava. Vi algum tipo de frustração ou alguma vontade de ter alguma sensação. Comentei que achava que ele não poderia levar de avião, parte porque algumas empresas não deixam e outra parte porque queria que ele quebrasse e fosse feliz. Em Brüssels, com o Caffé, quase entrei numa briga com três caras porque um deles havia passado a mão na ex-pseudonamorada dele, como que puxando-a pela cintura. Ele me segurou e disse que estava tudo bem, que ele já tinha falado com os caras que ela estava com ele, e eu estava bêbado demais para entender. No caminho de volta, enfiei a mão em uma placa de sinalização de trânsito de uma forma que fez ela girar 90 graus. Liberar certos sentimentos faz bem.

Ele quebrou o copo, e nunca vi alguém tão feliz, tão rápido. Aquele 1% de decepção, pois ele achou que o copo ofereceria alguma resistência, mas dava para sentir a sensação de liberdade. Se tivesse guardado o copo, seria só mais um. Jogou o resto do copo fora e seguimos o caminho, eu na frente para ver se me lembraria de como voltar, só por diversão. Passar pelo bosque de novo me lembrou de quando estive em Praga com minha mãe. Tinha algo parecido próximo à estação central de trem. Com algumas correções do catarinense, chegamos em casa. O Gustavo estava bem queimado nas costas e teve que dormir de bruços, queria dormir no meu lugar no sofá mas desistiu depois de se encher de pós-sol. O Dudu fez uma cama com as cadeiras e o Gustavo foi incisivo ao me pedir para não roncar – não sei se estava mais bêbado ou puto. Troquei a água do bacalhau e fui dormir.

Acordei, troquei a água do bacalhau. Tomamos café, nos enrolamos enquanto o guri foi alugar um carro com o Gustavo, fizemos sanduíches para levar para a praia e seguimos em dois carros, para a Praia da Rocha. O Carlão me falou dessa praia, que havia muitos *pubs* e que a noite era muito boa por lá. Chegando lá, o pseudogaúcho estacionou tão subitamente que acabamos passando por ele e não conseguíamos voltar pela quantidade de ruas contramão. Demoramos uns cinco minutos até dar a volta e achar algum local próximo para estacionar. Pegamos o *cooler* com as cervejas, descemos do carro e subimos o morro. Chegamos ao alto e pudemos ver a praia, e essa parecia com as praias do Brasil, uma larga faixa de areia, alguns guarda-sóis, praia pra entrar na água após tomar um monte de cerveja na beira e relaxar, e não aquelas praias desertas, para ficar admirando. Achamos as meninas ali no topo, descemos o morro de paralelepípedo, andamos pelo caminho de madeira sobre a areia até acabar o caminho, continuamos pela areia e estendemos a toalha a quinze metros da água. Largamos o *cooler* e as coisas, e eu saí para dar uma corrida pela praia, até chegar num caminho de pedra com um minifarol na ponta, com listras vermelho e branco. Havia algumas rochas em torno do farol. Sentei-me próximo de onde o mar batia e fiquei curtindo a vista. Uma garrafa de Captain Morgan teria feito as coisas mais interessantes, mas mesmo assim estava maravilhoso. Eu gosto de caos, mas um momento de paz é, de forma diferente, bom. Alguns siris, rubro-negros, andavam de um lado para outro nas rochas. Acho que nessa cor eu nunca havia visto, em Santa Catarina eles são bem branquinhos. Voltei a correr, observando as pessoas tomando sol na areia e os prédios ao longe, para poder encontrar o pessoal. Ao chegar, sentei e tomei cerveja com eles. Como de tempo em tempo eu escrevia, eles estavam curiosos para saber o que eu havia escrito. Eles chamam de diário, e não gosto dessa nomenclatura, parece muito chato. Pode ser que seja. Escrevo para mim porque sei o que me agrada, não saberia escrever para uma geração que não gosta de ler quase nada que não venha de alguma rede social.

Aproveitamos o sol e o mar, a Praia da Rocha é muito bonita. Comemos um hambúrguer, pois esquecemos os sanduíches em casa. Algumas mulheres faziam *topless*, mas nada que chamasse muita atenção. Ficamos mais algum tempo por ali e fomos de carro para a Praia da Marinha. No caminho, deixei o Dudu ler minhas anotações em voz alta, ao som de Taylor Swift – era o que o rádio nos provia. Poderia ser "On the road", mas estávamos em três homens no carro. Eles me dizem que a história está bem escrita, mas ainda quero uma opinião de alguém que não esteja na história. Ainda assim, rendeu boas risadas. Chegamos na praia, havia uma vista muito bonita de cima, e logo achamos uma escada para descer para a praia. Vimos que havia uma trilha por ali, com extensão de 11,6 km, então não fizemos, mas o pseudogaúcho deu uma andada por lá.

Descemos pelo caminho de pedras, sentamos na praia e tomamos cerveja. Vejo as reações de uma das gurias, a que nos recebeu no aeroporto, ao ler minhas anotações. Ela acha engraçado, especialmente quando há referências a ela. Ela também perguntou por que ríamos toda vez que ela passava a senha do Wifi do celular dela para usar como roteador, que era “não passarão”, referência às falas das feministas aos machistas. Logo entramos no mar, que lembra aquela praia funda, que você entra e procura um banco de areia, que qualquer onda te cobra. A guria diz ser maior do que o Dudu em altura, que diz que apenas o ego dela é maior. Rimos e curtimos os três muito esse momento, enquanto a outra guria está deitada na areia, e o Gustavo conversando com ela. Ele parece interessado nela. Eu também deveria estar, mas não estou muito. Acho que sou muito menos superficial do que antigamente, e isso me incomoda um pouco, só queria aproveitar. Terminamos vendo o sol perder seu espaço para a sombra, na areia. Desta vez, troco de carro e vou com as meninas e o guri direto pra casa, enquanto o Dudu e o Gustavo vão buscar a Heloísa e o Beiçola, namorado dela, no aeroporto. Chego em casa, troco a água do bacalhau. Uma das gurias me ajuda descascando as batatas, enquanto começo a arrumar a cozinha deles. Não ter os meus utensílios e não saber onde ficam as coisas me faz sentir falta de casa, já que moro numa casa que era um antigo bar, com uma grande cozinha, e lá tenho meus temperos, panelas, faca e afiador. Logo começo a cortar as cebolas, que são maiores do que eu gostaria e incrivelmente ácidas, há tempos não chorava cortando cebola. O Caffé também dizia que cebolas menores são melhores. Corto elas em forma de pétalas. Começo então a limpar o bacalhau, não lembrava como tirar a pele pode ser trabalhoso. Conversei com a guria sobre qualquer coisa, enquanto colocava as batatas para ferver um pouco, e depois o bacalhau. Ela me ajudou a cortar a cebola roxa também em pétalas, colocando-as em duas travessas, pois eram pequenas, e cortei os pimentões em tiras.

Nesse meio tempo, os piás chegam com a Heloísa e o Beiçola. Eles aparecem na cozinha, me cumprimentam, a Heloísa pergunta se preciso de ajuda e pergunto pra eles sobre a viagem. O Beiçola parece um pouco distante e ansioso, como um cachorro que chega num local com um monte de gente estranha. Estávamos em uma *vibe* e eles chegaram em outra, acho que todos notaram que o clima ficou um pouco estranho. Ainda assim, fico feliz em vê-lo. Continuo cozinhando, eu e a guria distribuímos nas travessas os pimentões, batatas, bacalhau, vagens. Banho tudo vagarosamente com azeite, observando-o escorregando pelos alimentos e sem economizar, pois o bacalhau não pode secar. Coloco as travessas no forno pré-aquecido e vou tomar um banho enquanto alguém faz o arroz. Eles refogam o arroz, o que acho muito estranho; sempre faço só com sal e deixo o tempero para o molho – aliás, sempre que alguém faz o arroz lá em casa dá errado. O banho demora, aquela areia fica grudada no corpo pra caralho. Saio e o bacalhau está pronto. O pessoal come e gosta, elogia. O Dudu está quieto, o que é um bom sinal. A Heloísa repete, como sempre. O vinho, Vinhas do Sado, ficou bom com o peixe, embora o ideal seja um vinho branco ou verde, e não um tinto. Terminamos de jantar, conversamos mais um pouco e logo vamos dormir.

Acordamos pelas 8h30, damos uma arrumada na casa, cheia de areia por causa da praia e de louça da janta, e saímos rumo a Lagos. Hoje as gurias não foram com a gente, fomos os cinco, em um só carro, com o Beiçola dirigindo. Conseguimos sintonizar uma rádio melhor, tocou "What a Feeling" e até dava para fingir que estávamos numa época de música melhor. Ainda tocou "Get Lucky", e a paisagem era maravilhosa, esses montes verdes com plantas redondas e baixas, irregularmente distribuídas e casinhas brancas com detalhes em azul. Chegando em Lagos pela principal, vimos muitos barcos à esquerda na marina. Seguimos para a Ponta da Piedade, rochas, falésias e vistas estonteantes. Achamos um café com sombra para passar protetor enquanto os dois guris tomam um sorvete e o casal toma um café. Agora a Heloísa está aqui para dizer o que é mineral, pedra, rocha, sedimento, mas ela fica com o Beiçola por ali, já que ele não está a fim de andar pelo local. Andamos nós três então, caminhando pela terra quase alaranjada entre a vegetação que forma a trilha. Escalo alguns locais facilmente com as mãos, mais coragem do que habilidade em si, mas não é muito difícil. As rochas com buracos são muito belas de ver, assim como o mar que vai de encontro a elas, e nada como subir nas pedras (ou seriam sedimentos?) e ter uma visão de cima. Estávamos quase voltando e o casal veio de encontro a nós. Andamos por mais uma pequena trilha, vimos um buraco com uns 25 metros de diâmetro, tiramos algumas fotos e seguimos para a Praia do Camilo. Achamos um arco com sombra para ficarmos embaixo tomando cerveja e fugindo um pouco do sol. O Beiçola tem ascendência holandesa, então é branco e reclama do sol o tempo todo. Falamos um pouco sobre meu término e sobre quão necessitado eu estava. O Dudu falou sobre uma aposta que eles fazem entre amigos no Rio, chamada prêmio "Sakpus" (Puskas, ao contrário). Quem ficar com a guria mais zoada tem a despesa da próxima saída bancada pelos outros. Acho que ponto negativo não conta como ponto e digo isso para eles, mas é engraçado ouvir as histórias dele e do Beiçola sobre os colegas de engenharia.

Decidimos ir para a Praia da Dona Ana. Essas últimas duas são mais próximas das praias do Brasil que estou acostumado, nem tanto quanto a Praia da Rocha e nem tão isoladas quanto as primeiras que visitamos. Achamos um lugar no limiar da sombra e sol, e aqui havia uma guria fazendo *topless* com seios realmente belos, e após o Dudu dizer que isso matava a surpresa, discordei, dizendo que sempre vale a pena. Tirei um tempo para escrever sobre o dia anterior e abri o vinho branco alentejano. Era mais ácido do que eu esperava, mas era o melhor no momento. Admiti em voz alta que, embora não escrevesse como um escritor, talvez bebesse como um. Enquanto eu escrevia, o Dudu e o Gustavo foram dar uma volta e acharam algumas regiões menores, escondidas, muito bonitas, rochas, buracos na parede, e o sol batendo nelas. Entrei na água, dei uma olhada nas falésias após passar por baixo de um arco e voltei. Decidimos seguir para uma outra praia, que a escadaria que dava acesso estava fechada. Dormi no carro enquanto eles dirigiam e decidiam se iriam comer em Lagos. Acordei no meio de uma trilha enquanto eles procuravam um buraco em uma rocha, esqueci o nome, e logo ficou conhecido como o "Buraco do Dudu". Estacionamos, caminhamos e procuramos o Buraco do Dudu, sem sucesso. Decidimos por voltar ao Forum e comer no restaurante de comida brasileira mais uma vez. Mais uma vez também no mercado, decidimos comprar algo diferente. Depois de muito escolher, optamos por uma garrafa de whiskey Ballantine's e uma de Ginja, um licor típico português que o Dudu estava louco para comprar. Seguimos para o caixa e eu falei em alemão com o atendente sem querer, depois de tanto tempo é muito automático. Agradeci também em alemão e depois em português, e fomos em direção ao estacionamento. Achamos nosso Punto alugado com um português embriagado dentro, dizendo "Acho que esse não é meu carro, mas a chave é igual! Olhe só!" e nos mostrou a chave. Então ele começou a sair do carro, entregando um celular e perguntando se era nosso, e entregamos uma sacola que estava no banco de trás para ele. "Estou meio bêbado", ele disse, e vendo a garrafa de whiskey na mão do Gustavo completou "e você também, né?" Ele saiu, entramos no carro e tentamos entender a situação enquanto ríamos pra caralho. Ele voltou e disse "Se eu esquecer de algo, me liga", fazendo o gesto com a mão. Chamamos ele de volta para entregar sua carteira, e ele disse "como dizem os brasileiros: é brincadeira, né?" e se foi. Portugal estava valendo muito a pena.

Em casa, abrimos o whiskey e voltei a escrever algumas memórias, enquanto conversávamos, e experimentei a tal Ginja. Era gostosa, mas não sou muito fã de bebidas extremamente doces. Logo estávamos de novo pela cidade e, conforme terminávamos a garrafa de Ginja, chegamos na rua do Prior. Hoje fomos para um lugar chamado Patrimônio. Entramos e, como o pseudogaúcho tinha uma carteirinha do Erasmus, ganhou duas doses de whiskey e me deu uma. Pseudogaúcho parece ofensivo, mas não é pra ser... ele é gente boa, só nasceu em Passo Fundo e não é gaúcho, acontece. Eu também não sou lá muito paranaense e prefiro o RS como estado, a cultura me atrai muito mais. Na verdade, Curitiba parece uma capital de um lugar que não tem nada a ver com o Paraná – se for para o oeste, tem mais gaúchos que qualquer outro lugar, se for para o norte, um monte de paulistas.

Tomamos uma dose de J&B e olhamos o pessoal na pista de dança, a música estava horrível hoje. Logo as paulistas nos encontraram. Fomos para a pista, e eu realmente queria ficar com alguém hoje; talvez fosse o whiskey falando. Alguém me contou que havia algumas austríacas na festa e me mostrou uma loira alta, mais magra do que normalmente gosto, por perto. Por que não?, já estava sentindo falta de falar alemão mesmo, e preciso me lembrar um pouco de como é ser solteiro. Começo a conversar com ela, e tudo flui muito bem, ela elogia meu alemão e até parece interessada. Perguntou como eu sabia que ela falava alemão, e eu disse que ouvi ela falar algo com sotaque engraçado em inglês, e ela caiu. Ela conversava comigo sem sotaque austríaco, o que também facilitou muito... para quem não conhece muito, pode ser bem complicado, é praticamente outra língua, assim como o sotaque bávaro. Eu entendo uma coisa ou outra no dialeto de Franken. Conversamos eu e ela também sobre essa diferença de dialetos, até que uma amiga a puxou e ela falou que voltaria depois – nunca mais voltou. Eu fui pegar uma cerveja, pelo menos ali havia Heineken. O Dudu também estava conversando com uma austríaca morena, 1,60 m de altura, que logo foi puxada dele também. Não sei que tipo de amigas são essas, com certeza nossas amigas não eram. O Gustavo conversava com uma das paulistas, mas parecia haver um muro de Berlin entre eles. Mais algum tempo e fomos para outro lugar. Chovia um pouco. Viramos à esquerda no final da mesma rua do Prior, dez passos e chegamos na frente do bar, à direita. O pessoal que estava nos hospedando entrou primeiro, e o segurança olhava com uma cara não muito amistosa para nós. "O que você precisa?", perguntou Gustavo, e ele respondeu "de um boa noite". Achamos engraçado, mas ele estava certo, demos boa noite para ele e entramos, já estávamos levemente altos. O bar estava apinhado de gente e fedia a cigarro barato, mas a música era melhor. A cerveja era mais barata, mas aqui só tinha Super Bock. O Dudu estava mais alto, mas, mesmo assim, foi pegar cerveja para nós. A paulista me chamou para tomar um *shot*, que supostamente era de absinto, tequila, gin e vodka. Achamos o Dudu no meio do caminho, e ele tomou um *shot* conosco. A música foi melhorando, e logo estava tocando AC/DC, Motörhead, Bon Jovi. Tudo muito bom e estávamos curtindo muito, até que o DJ voltou para as medíocres atualidades. Fui pegar uma cerveja e conheci uma eslovaca no caminho, tentei trocar uma ideia com ela, mas tudo que ela queria era minha cerveja. Voltamos, já eram 4h30, e iríamos sair de viagem às 5h30. No caminho de volta, o Dudu falava diversas coisas sem sentido, e eu o mandava calar a boca, com medo que dissesse algo de mais para a guria. Perto de casa, o Gustavo tentava negociar para que dormíssemos mais tempo e saíssemos às 9h da manhã. Enchi o saco dele que já havíamos combinado com os outros. Acordei o Beiçola e a Heloísa assim que chegamos em casa, para não haver perigo de alguém dormir antes disso, nos despedimos do pessoal da casa e entramos no carro, dessa vez sentido Sintra.

Acordei em Sintra às 9h30. Dormi direto, sem ouvir durante a viagem um motoqueiro que se acidentou perto do nosso carro e o Beiçola desviou. Parece que bateu no carro da frente. Estávamos rindo e lembrando da noite anterior. Não passarão, não passaram. Fizemos alguma piada também sobre eu ter entrado na Alemanha e estar querendo conquistar a Áustria primeiro. Achamos um lugar para tomar café e comer pastéis de nata. A moça nos atendeu muito bem, e os pastéis eram muito bons – por um euro, vinha um pastel e um café. Repeti.

O café era um dos melhores que eu havia tomado na Europa. Voltamos para o carro e discutimos para saber qual dos passeios faríamos, e nos decidimos pelo Castelo dos Mouros. Não fazia ideia de que Portugal havia tido imigrantes muçulmanos em certa parte da história. Demos uma volta pela extensão dos muros do castelo, que era igualmente bonito, com muitas árvores no centro e algumas torres de pedras com diferentes vistas do topo, vendo toda Sintra até o mar, visões de tirar o fôlego. Tiramos algumas fotos e seguimos então para o Cabo da Roca, a ponta mais oeste da Europa. Eu diria que a parte onde estávamos ficava a uns 70 metros acima do nível do mar, então é muito bonito de ver de cima. Perdemos o Dudu por um momento, achando que ele havia voltado para o carro por estar passando mal. Fomos para a parte sul, e ali pudemos ver uma pequena praia abaixo de nós e falésias se estendendo, fazendo o contorno do continente. Ao voltar em direção ao carro, acenamos para o Dudu, que voltava do marco da ponta oeste, e ele nos disse que tinha ido para o outro lado. Entramos numa loja de *souvenir* que havia por ali, não comprei nada, esperei o pessoal sair e fomos almoçar. Encontramos um restaurante a caminho do próximo local, e demoramos um pouco pra achar um lugar para estacionar. Olhamos os valores e decidimos pelo segundo restaurante que havia por ali, Restaurante Pão e Trigo, cujos preços pareciam valer mais a pena. O garçom nos atendeu muito bem. Eu comi algo chamado Açorda de Camarão e dividimos um vinho em três, Casal da Azenha. O prato era tão bom que perguntei ao garçom como era feito, quero muito tentar fazer. O vinho era igualmente bom, o melhor português que tomei durante a viagem, e o garçom nos disse que havia uma adega ali por perto, em Colaris. Saímos em direção a essa adega e encontramos um restaurante chamado Adega, onde nos disseram que a adega ficava mais à frente. Não achamos a adega que pretendíamos, mas uma outra, chamada Adega Santa Maria. Entramos, e alguém falou que teríamos que esperar um pouco mas poderíamos dar uma volta pela propriedade. A vinícola era ali mesmo, e havia um bosque com rosas, árvores e bancos bem-posicionados, tudo muito bonito. Descendo um pouco havia uma construção com piscina, e ao redor as parreiras matematicamente divididas, um prazer pra quem tem TOC. Melhor que estar ali era a falta de programação, de procurar um lugar e de repente estar passeando por uma vinícola. O prazer do inesperado. Voltamos para que uma bela morena de origem polaca nos apresentasse os vinhos e nos oferecesse alguns deles para provarmos. O Pinot Noir era excelente, e também o mais caro. Compramos um vinho misto de Touriga e Merlot e outro mais barato.

Saímos e continuamos a viagem. Paramos para admirar a Praia do Guincho e logo seguimos para a Boca do Inferno, onde fizemos uma pausa mais longa. Sentamos um pouco nas rochas e admiramos o mar batendo contra elas. Fomos até Belém, estacionando próximo à Torre de Belém. Demos uma caminhada por ali, admirando o monumento em homenagem às grandes embarcações e a rosa dos ventos no chão. Voltando para o carro, juramos ter visto o Thiago Lacerda com sua filha nos ombros. Seguimos para Lisboa.

No hostel, largamos nossas coisas e o Beiçola e a Heloísa foram ao mercado, enquanto assistíamos a final da UEFA, Real Madrid vs. Atlético de Madrid. Havia um húngaro gente boa, que não falava quase nada de inglês, e um espanhol de Sevilla. O gerente do hostel era um indiano, que estava assistindo ao jogo conosco, cozinhando e tomando vinho. O jogo foi acirrado, e eu realmente queria ver o Atlético de Madrid ganhar. Os outros voltaram com lasanha, e eu liguei o forno para pré-aquecer. Tomamos um vinho para acompanhar. O jogo foi aos pênaltis e o Real ganhou, e logo fomos para a cama.

Acordamos e usamos um roteiro de "24 horas em Lisboa" para decidir o que fazer. O hostel fica próximo ao ponto de metrô Saldanha, então descemos pela avenida Fontes Pereira de Melo até a Praça Marquês de Pombal e seguimos pela avenida da

Liberdade até uma rua com um famoso bondinho. Nessa região, as pessoas nos ofereciam óculos e marijuana, nessa ordem. Subimos a pé, onde me deparei com um grafite na parede com a frase "Without the Cracks on the walls the City cannot Breathe". Continuamos até uma praça onde havia uma barraca de limonada, na qual eu peguei uma, e um artista ucraniano, do qual a Heloísa comprou um quadro. A guria da barraca de limonada era muito bonita, morena, traços relativamente fortes, 1,67 m de altura. Seguimos para a parte boêmia da cidade, a maioria dos bares estava fechado, e havia algumas vielas com roupas penduradas em cordões, depois para outra praça e pegamos umas cervejas num café chamado KaffeeHaus – saudades da Alemanha. Eram cervejas artesanais de Portugal, e todas muito boas. Entramos, então, na livraria mais antiga do mundo, pouco mais de 800 anos, e fiquei decepcionado por não achar nada do Kerouac. Fomos até a rua Augusta e paramos para comer um bolinho de bacalhau com queijo "serra da estrela". Eu e o

Gustavo tomamos uma Sagres enquanto o Dudu pegou um vinho da casa. Os vendedores de óculos evoluíram e passaram a oferecer também coca. Um deles parou e disse "buongiorno", depois "buona sera", até que respondi "ciao" para ele e o ignorei. Aliás, é estranho como em Faro só se tomava Super Bock e, em Lisboa, só Sagres. Continuamos até a Praça do Comércio, nome que não me surpreende pela quantidade de vezes que fomos abordados por vendedores de pau de *selfie*. Logo fomos para o Castelo de São Jorge, que nos permitia uma vista muito linda de cima da cidade, além das muralhas do antigo castelo. Voltamos por outro caminho, por ruas estreitas que me lembravam vagamente do centro velho de Curitiba. Paramos em uma praça onde havia música e pessoas dançavam jazz, ou algo do tipo, ao ar livre. O Beiçola e a Heloísa pegaram um metrô, enquanto nós três voltávamos a pé. Logo vimos mais construções antigas com azulejos, tão típico de Portugal. Compramos lasanha no mercado e um vinho, e voltamos para o hostel. Abri o vinho e apreciei a vista da sacada enquanto escrevia mais um pouco. Comemos bem: a Heloísa comeu 1 kg de lasanha, o Beiçola, uns hambúrgueres, e nós três comemos cada um aproximadamente 666g de lasanha cada. Ficamos conversando um pouco, eu escrevendo um pouco e tomamos um pouco do whiskey que havia sobrado. O gerente indiano volta e meia aparecia para trocar uma ideia. À noite, o corredor do hostel ficava de uma cor entre vermelho e laranja. Conversei com uma guria de Recife enquanto esperava para tomar banho. Sem sucesso em ambos, fui para cama, o hostel só tinha dois banheiros e estavam frequentemente ocupados.

Acordamos, tomamos café. O gerente indiano falou que o Beiçola poderia abrir um negócio fazendo sanduíches, enquanto fazia os nossos. Eu já havia tomado banho cedo, e o Gustavo já tinha ido embora, pois iria pegar um voo direto para Stuttgart, teria que trabalhar. Deixamos as malas prontas, e o indiano perguntou se a Heloísa estava à venda. Perguntamos o preço e ele falou que tinha um cartão de crédito. Como não aceitamos cartões (mais um costume alemão adquirido) tivemos que recusar. Pegamos um ônibus para Belém, para dar mais uma volta por lá e conhecer os famosos Pastéis de Belém, já que o carro fora entregue no dia anterior. Atravessamos a rua e paramos para pegar uma limonada numa barraquinha, que parecia a de ontem, e de repente a moça me reconheceu. "Você é o rapaz de ontem? Por causa do bigode", disse, sorrindo. Sorrimos para ela, confirmei, pagamos a limonada e seguimos. Fomos até o monumento e subimos para ter a vista panorâmica de Belém. As casas à beira do rio Tejo e o rio tocando o céu fazem uma paisagem muito foda. A paisagem do lado oposto do monumento, com a praça e o Mosteiro dos Jerônimos era de forma diferente, bela. Descemos para a praça onde tomamos vinho e comemos sanduíches. Deitei na grama e olhei por um momento o céu, azul-claro com algumas nuvens, até que adormeci na sombra. Eles me acordaram e fomos comer os tais Pastéis de Belém. Já havia comido dois em Sintra, então tinha uma comparação para fazer. Pedi três de Belém e dois bolinhos de Bacalhau, e realmente os pastéis de lá são maravilhosos, folheados com uma leve crocância e a cremosidade no ponto. Não comi com canela, e a Heloísa, para compensar, solidificou seu café com canela, e aí deixou metade no copo. Voltamos para o ponto de ônibus, onde um francês que falava inglês perfeitamente (algo a ser notado) perguntou como poderia chegar à praça do Comércio. Conversamos um pouco, e ele disse que já havia estado também no Brasil, no Rio, na Bahia e em Foz do Iguaçu. Após procurar pelas indicações, dissemos que ele deveria pegar o 728 e desejamos a ele boa viagem. Seguimos com o ônibus até que o congestionamento não nos permitisse mais trafegar, e descemos perto de uma feira de livros que estava acontecendo na cidade. Olhando entre os livros achei *Metamorfose*, do Franz Kafka, por um preço razoável. Comprei, e o Dudu comprou o *Mito de Sísifo*, de Albert Camus, e a Heloísa, *Histórias à Lareira*, de Conan

Doyle. De volta ao hostel, pegamos nossas coisas e seguimos para o aeroporto. Esperamos na fila com umas quarenta crianças, provavelmente fazendo um passeio escolar, para entrar no avião rumo a Porto. Adormeci logo que sentei e, de repente, já estávamos no ar. Li Metamorfose até o capítulo 3 e logo já estávamos descendo. Pegamos o metrô até o ponto Bolhão e andamos até o Andarilho Hostel. Uma guria loira nos atendeu, com alguns *piercings* e cara de chapada. Ela só falava inglês, e logo chegou uma outra mulher que só falava português, e aí estavam as duas tentando fazer nosso *check-in*, cada uma em uma língua. De alguma forma tudo deu certo, levaram-nos até nosso quarto e eu e o Dudu saímos pela cidade. Ruas e ruas, passamos por três hamburguerias e chegamos a uma praça meio boêmia, com a Universidade de Porto ao lado. Achamos um bar chamado Aduela, pedimos duas cervejas artesanais e uma porção de bacalhau com tomate cereja, rúcula e pão. Já havíamos comprado vinho do Porto para depois. Conversamos sobre a vida, términos e a sensação de sentir-se preso a um pedaço de terra. A conversa foi longa, e continuamos ela no hostel até beber meia garrafa do vinho. Duas da manhã, e fomos dormir.

Acordei cedo, pelas oito, para lavar algumas roupas no chuveiro. Saí do banho e o Beiçola estava acordado, desci para tomar café, que era bem básico. Logo o Beiçola e a Heloísa desceram, e eu subi para acordar o Dudu. Esse tomou café e começou a colocar no mapa os lugares que visitaríamos.

Entramos na Capela das Almas. Meu pai sempre dizia que, sempre que em uma cidade diferente, deveríamos conhecer uma igreja e a comida local. Ultimamente, entro em menos igrejas – a catedral de Berlin e a de Notre Dame, em Paris, superam quase tudo que se pode ver em termos de igrejas –, mas essa igreja era realmente diferente. De fora, alguns azulejos formando uma imagem, algo que seria comum em Lisboa, mas que eu pensava que seria menos comum em Porto. Algumas imagens eram relativamente diferentes do que das igrejas que eu estava acostumado; pareciam um pouco mais vivas e coloridas. Era bonito e diferente. Passamos então pelo Café Majestade, onde qualquer coisa custava uma fortuna. Seguimos para a estação São Bento, que dentro possuía uma imagem de um lado a outro feita com azulejos, azul e branca, formando imagens de algumas lutas portuguesas e da vida em Portugal em certa época, pelo que entendi. Seguimos pela avenida das Américas até a Igreja São Pedro dos Clérigos, onde vimos a igreja por dentro, mas não subimos na torre. Fomos então provar a tal da Francesinha, a essa hora vítima de muitas piadas infames, em um boteco chamado Casa Bragança. Tivemos que esperar uns cinco minutos para liberarem mesa. Todos pedimos Francesinha e dividimos uma jarra de vinho da casa. Algo simples na essência, mas realmente muito gostoso. Senti saudades de comer feijoada (que aliás também tinha ali e era o prato do dia) na Paula Gomes com a Mateus Leme, em Curitiba, ou também no Mercado Municipal. Tomamos um café e voltamos a andar. Havia uma tal livraria Hello, conhecida pelo seu interior. Estava entrando na livraria e uma mulher me disse que eu deveria comprar um ingresso para entrar. Achei estranho, mas nos dirigimos até a fila e descobrimos que deveríamos pagar 3 euros para entrar na livraria, que poderiam ser revertidos em desconto. Senti repulsa por descobrir que alguma livraria do mundo exigia entrada, fiquei muito puto. Se aquela livraria estava querendo um título, acabara de ganhar o título de única provável livraria que cobra entrada no mundo (fazem isso em algum outro lugar?). Se eu achasse algo interessante, provavelmente iria comprar, e aposto que muitas pessoas sequer entraram por essa imposição desnecessária, deixando também de comprar. Só a ideia de ter que pagar para entrar nisso me causou repulsa. Seguimos para duas igrejas, uma ao lado da outra, e estas tinham um visual mais próximo das alemãs, eu diria, sem essa arquitetura que leva tanta influência portuguesa. Depois nos dirigimos a um parque, onde jogamos Pebolim (chamado de Totó pelo Dudu e possivelmente por cariocas em geral). Prosseguimos para uma vista do rio Douro.

Descemos por algumas ladeiras e de repente estávamos no Muro dos Bacalhoeiros, começando a caminhada pelo rio. Havia muitos bares com cadeiras para fora, de forma que o corredor ficava estreito para passar por ali. Logo o caminho se abriu, e vimos mais bares, vendas de passeio a barco, grupos grandes de turistas. Paramos para tomar uma Carlsberg e entramos em algumas lojas de *souvenir*. Atravessamos a ponte para chegar do outro lado, onde ficam as cavas. Compramos um *ticket* para fazer degustação no dia seguinte na Croft, produtora mais antiga de vinho do Porto, e ganhamos um outro para degustar hoje na Cruz. Havia uma exposição lá, demos uma rápida passada e provamos o vinho deles, que era muito bom também. Vinho do Porto é melhor do que eu esperava, sério. A Heloísa e o Beiçola queriam subir de teleférico, e eu e o Dudu fomos a pé. Em uns 15 minutos estávamos lá em cima, e nada dos outros. Demos uma volta para ver se havia outra saída, não achamos. Decidimos deitar no sol enquanto esperávamos. Uns 15 minutos depois eles apareceram, dizendo que ganharam uma degustação por comprarem a passagem de teleférico. Provaram apenas um vinho, mas falaram que lá havia alguns painéis com os tipos de vinho, entre outras coisas. Subimos até um topo de monumento que não lembro o nome, e parecia que era o ponto mais alto que poderíamos ter uma vista da cidade. Passamos em um mercado, compramos vinho do Porto, amendoim e azeitonas, então voltamos para o hostel.

Sentamos numa área exterior que continha alguns colchões e pufes, com uma lona acima das nossas cabeças. Estávamos ligeiramente cansados, cada um ocupado com alguma coisa: eu escrevia, o Dudu usava o celular, o Beiçola jogava algo no celular e a Heloísa fazia Sudoku. Bastante tempo viajando já. Ficamos ali, petiscando e tomando vinho do Porto. Mandei também uma foto para meus pais. Conforme o vinho subia, começamos a conversar mais. Ouvíamos também Engenheiros do Hawaii. De repente estava escuro e havia acabado o vinho, eu alegre e a Heloísa levemente embriagada. Descendo a rua, ela lambeu uma vitrine da loja. Desgrudamos ela de lá e seguimos para uma hamburgueria, parando em uma loja de conveniências no caminho. Eu e o Dudu na frente, o casal logo atrás. A hamburgueria chamava-se Munchie, e li em algum lugar que isso significa "larica" em português de Portugal.

Voltamos para o hostel e o Beiçola subiu rapidamente para o quarto. Convencemos a Heloísa a ficar e beber um pouco conosco. Ficamos na parte externa, sentados os dois virados pra Heloísa, bebendo vinho e conversando, assuntos que variavam de relacionamentos a sexo. Ficamos ali bastante tempo, me perguntaram do meu término, do que eu sentia falta, e conversamos também sobre outras experiências individuais. Abrimos a segunda garrafa de vinho do Porto e conversamos mais até que a Heloísa decidiu subir. O Dudu decidiu ir conversar com uma das polonesas e eu, como bom amigo, fui dar suporte. Ele estava dizendo que era “perigoso” abrir uma garrafa de vinho da maneira que as meninas estavam tentando, pois poderia quebrar a rolha. Conversei um pouco também com uma delas, mas nada que seja interessante anotar. Ouvi uma delas dizer para a outra que logo subiria, me antecipei e dei boa noite para os três.

Acordamos relativamente cedo para chegar na degustação no horário. Quarenta e cinco minutos de caminhada e estávamos na Croft, 10h15. Provamos o Croft Pink Porto Rosé, que é o primeiro vinho do Porto Rosé já feito, e depois um Ruby. A visita começou às 11h, visitando a cava, passeando pelas pipas e com a mulher contando um pouco da história da produção em português. Provamos no final um Tawny de 10 anos, maravilhoso. Ser a mais velha produtora dá um bom prestígio. Compramos uma garrafa do Ruby, que era mais em conta, e seguimos para a Adega Cruz, onde comprei um presente para alguém especial. Voltamos pela ponte até uma igreja que, segundo o Dudu, foi "excomungada" da Igreja Católica por ser muito rica. Chegando lá, a entrada era quatro euros. Parece que ser expulsa da Igreja Católica não fora o suficiente; não entramos. Fomos atrás de um boteco para o Dudu comer uma tal de Tripa à moda de Porto e, ao entrar no boteco, descobrimos que só tinha Tripa nas quintas e nos sábados; hoje é quarta. Comemos um bacalhau à espanhola, e não posso deixar de achar irônico. De sobremesa, discutimos a natureza humana, com a Heloísa puta da cara comigo e eu lembrando do que havia estudado sobre Locke e Rousseau, e tentando convencer ela que "eu acho que é assim que funciona" não é um argumento bom o suficiente, sem usar nenhuma base para defender isso. Sou chato mesmo. A discussão até que terminou bem, dentro do possível. Andamos até a Catedral da Sé. O casal decidiu fazer um passeio de barco, e eu e o Dudu voltamos para o hostel. Compramos amendoim e azeitonas novamente, e sentamos na parte de fora para tomar o vinho do dia anterior e comer.

Li mais um pouco do Kafka e escrevi também. O Dudu estava deitado no sol. Um tempo depois, os outros chegaram, nos cumprimentaram e foram para o quarto. Enquanto o Du dormia, fiquei conversando com um uruguaio e um holandês que estavam fumando tabaco na outra mesa. O uruguaio já esteve no Brasil visitando. Conversamos também sobre sentir-se preso a um pedaço de terra, e logo o Dudu se juntou à conversa, até que o uruguaio disse que precisava trabalhar em algo e eu fui dormir nos pufes. Eu acordei, e os três haviam saído para comer algo enquanto eu dormia, e agora queriam ver o pôr do sol. Eu não estava muito a fim, mas fui com eles até o ponto de ônibus, pensando no que iríamos comer mais tarde. Eu queria muito cozinhar, acho que porque estava estressado. No ponto, fiz as contas e não daria para ir ao mercado e ver o pôr do sol, então desisti e deixei os três irem.

Não achei nada do que eu queria no mercado, ainda mais acostumado com a Kaufland, mercado alemão que normalmente tem tudo. Achei um tipo só de carne moída, uma especial, cujo preço por quilo era maior que o do bacalhau. Larguei as compras e desisti. Segui andando pela Rua Fernando de Tomás. Passei pelo ponto Bolhão e achei um lugarzinho com umas seis mesas para fora e um cara meio louco tocando violão e gaita. O garçom me chamou para ver o cardápio de forma discreta, o que me agradou muito. Falou em inglês comigo, e o deixei explicar o cardápio em inglês – não faço ideia do por quê, acho que às vezes sou um filho da puta mesmo, com todo respeito à minha mãe. Pedi um tartar e uma taça de vinho da casa. Ele trouxe-me o vinho e perguntei se ele era de Porto mesmo, ele falou que sim, e aí falei que eu era do Brasil. "Mas você tem que falar português, cara! Tais em Portugal!", disse ele. Conversamos mais um pouco, em português agora. Falei que estava morando na Alemanha, entre outras coisas. Ele foi atender outras pessoas, e eu li Kafka enquanto isso. O cara louco estava cantando algo indecifrável, mas o violão estava soando bem, bastante harmonia com o abstrato da voz. Continuei lendo, até que chegou meu tartar. Era muito bom, temperado com cebola e cebolinha, mas o que me impressionou foi que havia um gosto que lembrava alcaparras. Não dava para saber se tinha mesmo ou não, mas vou tentar fazer um dia e ver como fica. Terminei de comer, agradeci, e então continuei tomando vinho e lendo, até que o cara louco começou a tocar alguma coisa conhecida: "As Tears Go By", do Rolling Stones. Meu vinho até ficou melhor, mesmo ele com a voz extremamente rouca. Até cantei um pouco junto. Entre um verso e outro sentaram duas francesas muito belas na mesa ao lado, e não falavam quase nada em inglês. Continuei curtindo muito o som, fechou muito bem com o vinho e o tartar, estava precisando desse momento sozinho. Ele terminou e emendou com "Redemption Song", do Bob Marley. Puta que o pariu, o cara louco mandou muito bem. Pedi a conta, paguei e agradeci ao garçom, tudo um pouco antes da música terminar. Segui pela rua, feliz por ter deixado o estresse no bar. Sentei no hostel, respondi algumas mensagens, escrevi mais um pouco. Escrever faz relembrar sentimentos, acontecimentos, sons e sabores; tem sido muito bom. Algum tempo depois os três chegaram, perguntando da janta e falando de como o pôr do sol havia sido bonito. Falei que não havia achado nada, então poderíamos sair para juntar mesmo, ou comer qualquer coisa.

Após alguma enrolação, fizemos o caminho em direção à hamburgueria do dia anterior e paramos em um boteco qualquer. Pedimos "Prego no pão", "Prego no prato", aqui é um bife com alguma coisa, estilo pão com carne. Estou matando aos poucos os onze meses na Alemanha quase sem carne bovina. É até difícil escrever essa sentença; a saudades de uma picanha sangrando, ou um mignon à parmegiana dói e esmaga o meu peito. Falo em abrir o vinho mais tarde e contesto o Beiçola por beber no Brasil e não beber conosco.

De volta ao hostel, abro o vinho, brindamos e nos despedimos do casal, eu e o Dudu. Pegaríamos o voo bem cedo, tendo que sair às 4h20 do hostel, conforme horário marcado com o táxi. Seguimos bebendo e conversando, e logo eram uma da manhã. O uruguaio me convidou para uma partida de xadrez. Na metade da partida o vinho havia acabado, então o Dudu subiu. Fazia eras que eu não jogava xadrez (não que eu fosse muito melhor antes) e o uruguaio parecia bom (não que eu pudesse classificar também). Perdi alguns lances de vista e, de repente, a rainha dele estava pronta para subir no meu rei, xeque mate.

O despertador tocou às 3h50 e só me toquei que deveria levantar às 4h15. Tentei colocar minha calça jeans na parte de cima do beliche, tentando fazer o menor barulho e tremor possível. Desci, acordei o Dudu, corremos com as coisas para o táxi, eu ainda com as botas desamarradas. Fomos levados, eu com sono e o Dudu pescando, até o aeroporto, mais rápido do que eu esperava. Estávamos só com bagagem de mão, e um funcionário da Ryanair agilizou a checagem do meu passaporte e visto (o do

Dudu é português, então o cara nem olhou direito). Sem problemas com as malas, seguimos para o embarque. No avião, o Dudu capotou e eu escrevi quatro linhas antes de fazer o mesmo.

Acordei com o tremor do avião aterrissando. Estávamos cansados, mas estávamos em Barcelona. Passamos pelo desembarque e chegamos à entrada do aeroporto, com vidros que permitiam ver o lado de fora, e a vista era maravilhosa. O sol da manhã iluminando aqueles coqueiros, aquela sensação de olhar pra fora e saber que está quente, que há calor, sempre há calor. Seguimos para o metrô e fomos para a estação Liceu. Eram umas onze de manhã, e não achávamos a rua do hostel e estávamos com fome. Decidimos pular o café da manhã e comer logo uma *paella* em algum lugar que tivesse Wifi. Achamos um lugar, com asinhas de frango de entrada além da *paella*. O Wifi não funcionava, mas o garçom usou o celular e nos direcionou para a rua certa. Fomos andando e curtindo a cidade, que tem um tipo de estilo próprio muito definido e forte, uma das cidades mais interessantes que já visitei, isso nas primeiras quatro quadras. Seguimos pela Carrer (rua, em catalão) Ferrant, passando pela Catedral de Barcelona. Continuamos até achar uma rua diagonal e, virando à esquerda, achamos o Equity Point Hostel. Uma das gurias que nos atendeu era portuguesa e ficou muito animada por sermos do Brasil. Tinha o cabelo castanho escuro, e era linda. Pagamos e fomos para o quarto, que o Dudu chamou de cortiço. Não sei o que é um cortiço, mas os quartos tinham camas no nível do chão e superiores, cada qual com sua cortina e algumas em pares. A altura do quarto devia ser uns cinco metros, e alcançava-se as camas superiores por uma escada de metal. Cada divisória tinha sua lâmpada e dentro do quarto havia um banheiro feminino e um masculino.

Bermudas postas, fizemos uma rota que eu havia salvado no Google Maps. Sem 3G, risquei um mapa de papel e seguimos para o Castelo de Montjuïc, passando pela Praça Espanha, por um museu muito bonito que não lembro o nome e que exigia uma longa subida de escada, pelos Jardins de Joan Maragall (também não lembrava o nome, mas tenho um mapa comigo que tem o nome). Depois de uma íngreme subida, chegamos ao tal castelo. Entramos e tivemos uma vista de cima de toda a cidade. O formato de estrela do castelo é bem interessante, e há ao longo dos muros explicações do porquê, em termos de pontos estratégicos no caso de invasões e para fortificação de pontos fracos também.

Estávamos com fome, então descemos e achamos um lugar qualquer, onde dividimos uma pizza (aqui na Europa, quando se pede uma pizza é, normalmente, individual). Voltamos para o hostel, onde o Dudu pediu uma indicação de mercado, e compramos um vinho Rioja e lasanha. Deixamos as compras no hostel e fomos até a praia. O pessoal daqui, ou o estilo de Barcelona, parece muito "*fit*": as gurias frequentemente têm cintura fina e calças apertadas, quase cós-alto. Na média, tem muita guria bonita aqui. Chegamos na tal praia, que tem uma pequena largura e extensão, mas também tem sua beleza. Ficamos ali sentados uma meia hora, e o Dudu comentou que o comércio ali era louco, com um ambulante a cada 1 minuto, enquanto no RJ era a cada 5 minutos (que ele justificou pelo tamanho da praia). De volta ao hostel, tomamos banho e ficamos de boa por ali. Fizemos a lasanha, tomamos vinho e descobrimos uma maleta de poker nos jogos do hostel. Fiz um baralho ficar completo, separamos as fichas e jogamos. Acho que na média fui melhor, e na última jogada o Dudu deu *all-in* e eu tinha uma quadra, era uma trinca no *flop*, e ele um flush na última. Compensou o pau que levei do uruguaio no xadrez. Fomos dormir antes da meia-noite.

Acordamos pelas nove e fizemos nossa mala, o sono de Porto foi quase compensado. Tomamos café e deixamos nossa bagagem no *luggage room*. Fomos ao Parc de la Citadella e no Arc de Trionf, e depois até a Igreja da Sagrada da Família, impressionante por sua arquitetura (mais bela que a Notre Dame, na França, na minha opinião) e exorbitante na entrada, 15 euros. Seguimos então até o Hospital Sant Pau, e pela Carrer de Sant Antoni Maria. Eu já estava com fome e a região era fora do centro, de forma que paramos em alguns locais que ninguém falava inglês. Entramos num lugar chamado La Parada, devia ter umas quatro mesas fora e umas 7 dentro, parecia um botequinho arrumado. A mulher só falava catalão, mas pediu para uma garçonete nos atender, surpreendentemente essa falava alemão! Ela nos explicou o cardápio e decidimos ficar por ali mesmo. Eu pedi um tipo de *carpaccio* de bacalhau e o Dudu, um ensopado de carne com batatas. O principal era um bife com batatas, tudo muito bom. Perguntei como ela sabia alemão, porque tinha aprendido, e ela falou que havia morado três anos na Alemanha, em Nürnberg, cidade que fica bem próxima a Erlangen. Ela não podia conversar muito por estar trabalhando, então nos deu o seu telefone. Agradecemos e seguimos pela rua, enquanto eu convencia o Dudu a mandar uma mensagem para ela. Fomos até o Mikkeller Bar, onde tomamos algumas cervejas excepcionais. Saímos de lá e passamos pela Praça Catalunya, e seguimos então para o hostel. O Dudu dormiu no sofá, e eu fiquei por uma hora curtindo o momento, inesperada e preocupantemente bom. Uns franco-suíços chegaram fazendo um alarde, chutando bola no meio do salão do hostel, e o Dudu acordou de cara com eles. Meus pais me ligaram e tivemos uma longa conversa. Saímos então para pegar um vinho no mercado e um sanduíche no Subway. Voltamos ao hostel, e eu atualizei as notas de viagem (não gosto do termo diário e vou continuar não usando), enquanto descansando na poltrona de couro da sala de estar. Não tínhamos lugar para ficar nesse último dia em Barcelona, então tentaríamos ficar por ali, ou ao menos deixar nossas coisas no *lugagge room* até a hora de pegar o ônibus para o avião (descobrimos que havia um, e que era muito mais barato). Esquentamos algo que havíamos comprado no dia anterior no micro-ondas, abrimos o vinho e logo descobrimos que poderíamos deixar as coisas por ali até umas 4h, mas que não poderíamos ficar ali.

Com meia garrafa de vinho, pusemo-nos a vagar pelo bairro gótico. Até onde eu me lembrava, era proibido consumir álcool em locais públicos, então tomávamos um gole ou outro pelos becos, que eram muito interessantes, uma arquitetura relativamente diferente do resto da cidade, mas também com seu charme. Já era passado de meia-noite e alguns bares começavam a fechar, de modo que foi difícil encontrar um boteco como queríamos. Achamos um local não tão arrumadinho, e ficamos uma hora por lá, o vinho já havia acabado. Lá conversamos um pouco e eu escrevi mais um pouco, conforme possível sob luz de vela. De lá, voltamos em direção ao hostel, passamos pela Catedral de Barcelona e encontramos um pub. Disseram-nos que fecharia pelas 2h, o que me fez duvidar se era mesmo um pub. Gostei de Barcelona, mas achar um lugar para tomar uma cerveja tranquilamente estava se mostrando uma tarefa bem árdua.

Pedimos uma Guiness e logo também tivemos que sair dali, após fechar cantando “Don't stop me now”, acompanhando o som ambiente em parceria com os vários cervejeiros dali. Pela rua, entoei “Oh show me the way to the next whiskey bar” enquanto procurávamos um bar. Achamos algo para comer umas 3h, e nada de bar. Ainda voltamos para o Dudu pegar o WiFi do lado de fora do hostel e acharmos um bar aberto. Nesse meio tempo, fiquei sentado na calçada e dei uma pescada, e um vendedor ambulante de cerveja/maconha veio gentilmente me avisar para não dormir ali, pois havia ladrões pela região. Agradeci e restaurei um pouco de fé na humanidade, que foi logo perdida quando eu e o Dudu andamos até o bar que deveria estar aberto.

Voltamos pela última vez ao hostel para pegar nossas mochilas e seguimos para a estação Catalunya às 4h20. Pegamos ônibus em horário mais cedo do que pretendíamos, e o Dudu dormiu o trajeto todo enquanto eu dormi só durante alguns pedaços. Passamos mais uma vez sem problemas com as malas. O voo era às 8h00, então chegamos cedo e o Dudu pôde tirar um cochilo de quase uma hora. Fila, embarque, o de sempre, e um voo que durou uma pescada.

Ao chegar em Palma de Mallorca falei pro Dudu que eu iria simplesmente entregar os meus documentos pra funcionária da alugadora de carros e perguntar se eu poderia alugar um carro. Havia dormido pouco e sabia que seria uma merda se deslocar em Mallorca de ônibus. Chegamos em um balcão de uma dessas empresas e foi o que fiz, entreguei minha licença do Brasil e perguntei se era válida. Ela falou que sim, e seguimos com a burocracia para pegar um 500 da Fiat. Pegamos o carro e tentamos contatar a Nay no meio do caminho, ela veio da Alemanha para passar o fim de semana conosco. Não sei se ela recebeu minha mensagem, então seguimos para Peguera, cidade que ficaríamos hospedados. Chegamos no hotel, e descobrimos que ela não veio para cá, mas ficou em Palma. Voltamos para Palma. Eu estava com saudades de dirigir, e me senti mal por deixar ela esperando por tanto tempo, mas ao menos faremos tudo de carro e não de ônibus. Encontramos ela na Estació Intermodal e seguimos direto para Cala Agulla, para aproveitar a praia o quanto antes.

E o cansaço de noites mal dormidas pareceu diminuir com o carro nas mãos, o sol pelo teto solar e a estrada pela frente. Praticamente atravessamos a ilha, trocando de rádio em rádio conforme a música. Pela quantidade de alemães no aeroporto, placas na estrada e radialistas falando em alemão, acredito que alemão seja a segunda língua oficial da ilha. Dirigindo, prestava pouca atenção nas paisagens, mas ainda assim, nos poucos momentos que notei elas eram incríveis. Eu curtia estar dirigindo, sentia saudades disso no Brasil. Claro que o carro não era o mesmo: meu pai tinha um Astra no Brasil, e eu adorava dirigi-lo, e tampouco era igual ao trânsito de Curitiba sentido Floripa, mas há tempos eu não curtia um momento assim. Paramos em um Lidl, mercado que há em todo o lugar na Alemanha, e compramos batata chips, azeitonas, Cheetos, cerveja, um Cabernet Sauvignon do Chile e um Chemin Blanc da África do Sul, ambos possíveis de abrir sem saca-rolhas. Já estou conseguindo falar "*gracias*" ao invés de "*danke*", mas não sei se há muita diferença aqui.

Estacionamos na descida e, ao chegar próximo à rotatória, pudemos desfrutar da vista da praia. Não me lembro de ter visto água mais azul-claro. A praia tinha uma largura e extensão boas, nada muito grande. A visão dos montes, rochas, areia, água, aquilo tudo combinava perfeitamente. Descendo após a rotatória, três locais para lavara os pés, um ao lado do outro, justo para uma ilha preparada para receber sei lá quantos mil alemães por ano. Caminhando pela areia logo ouvimos as pessoas conversando e ficamos felizes por estar de volta à Alemanha.

Curtimos ali sentados, sem toalha, comendo azeitonas e chips. Havia alguns caras e gurias tomando sol. A média das idades na praia até que não era alta. Uma mulher ou outra fazia topless. O Dudu foi o primeiro a entrar na água, e eu e a Nay curtimos mais o sol. Tirei um cochilo, e acho que até ronquei. Entrei depois na água. Ficamos mais um tempo ali e seguimos para Cala Mesquida. A quantidade de pessoas aqui era menor, sendo a área talvez a mesma. Havia alguns guarda sóis naturais, como que de palha, com cadeiras embaixo, estilo daqueles em Faro, e no fundo da praia algumas pessoas estavam completamente nuas. Passamos por eles e subimos nas rochas para olhar a paisagem de outro ângulo. Eu e a Nay sentamos para comer algo enquanto o Dudu explorava as trilhas. Havia dois caras pescando, alguns alemães num barco a 100 metros gritando e pulando na água e duas crianças de uns 6 anos brincando nas rochas. Alguns bodes e cabras apareceram por ali e tememos que o Dudu chegasse com as roupas rasgadas por ter encontrado outros bodes no local.

Voltamos por um caminho de madeira, uma passarela, pelas dunas. Achamos por perto um filhotinho de bode e eu bali umas três vezes para ele. Me senti mal, pois conforme fui indo embora ele balia de volta. Seguimos para a Praia d'Alcudia, passando antes por um mercado para comprar as próximas refeições, sanduíches e um macarrão à bolonhesa que eu faria assim que chegasse no hotel. A praia em Alcudia era mais extensa, mais já eram quase oito da noite e não havia ninguém por lá; era sábado, e as festas na ilha também eram famosas. A extensão aqui era maior, mas as duas primeiras eram mais belas. Ficamos ali por uns 10 minutos e voltamos para o hotel.

Agora sem pressa, pudemos dar uma olhada nas dependências do hotel. A escadinha de pedra da entrada dava para uma área externa com guarda sóis, mesas, cadeiras e piscina. No salão de entrada, havia uma TV grande, sofás, um bar e uma mesa de sinuca. A piscina só podia ser usada das 9h às 20h, o que me parecia uma inutilidade imensurável. Ainda assim, o quarto tinha bastante espaço, e o hotel era bom. Comecei a cozinhar enquanto a Nay tomava banho. Fiz o melhor possível com os utensílios e ingredientes que eu tinha disponível, um macarrão à bolonhesa com azeitonas e presunto. Fui o último a tomar banho e deixei a Nay cuidando do macarrão. Arrumados, comemos e pegamos o endereço de onde iríamos.

Tentando sintonizar algo para o clima apropriado, rodávamos a noite para Palma. Chegamos a algo que parecia uma Marina por uma avenida muito iluminada e com inúmeros carros estacionados. Passamos pelo lugar que pretendíamos ir – Tito's. Ignoramos as instruções do GPS e rodamos mais uns 15 minutos até estacionar. Descemos por uma escadaria e caímos na avenida Gabriel Roca de novo. Passamos por alguns bares e baladas, e logo chegamos ao Tito's. Vinte e cinco euros de entrada e estávamos lá, com direito a um *drink* qualquer. O elevador permitia uma visão linda da praia, iluminada pelos barcos e pela rua. Entramos no salão, não estava lotado, mas suficientemente cheio. Fui para o bar descobrir o que poderíamos ganhar de drink, e escolhi uma dose de Jack Daniel's enquanto o Dudu pegou um Mojito. Na pista, muitas músicas que eu não conhecia, mas com batidas e efeitos de mixagem impecáveis, eis a diferença entre pagar 25 euros em uma entrada e 6 euros que pago na Alemanha para ouvir algumas porcarias. A cerveja ainda compensa, mas brasileiros sabem fazer festas melhores, especialmente na escolha das músicas. Podemos acrescentar um gol ao do Oscar no 7x1.

Enquanto curtíamos a boate, subia um cara meio hipster no palco, com um tipo de mocassim e terno azul cobalto, e é claro, com barba. Tirou das costas um sax iluminado com uma fita LED ou algo do tipo e começou a acompanhar a música, fantástico. Seguiu tocando, caindo aos joelhos e solando, pediu aplausos enquanto fazia uma pausa e três dançarinos subiam no palco, um homem que ficou no meio, atrás do saxofonista, e uma mulher de cada lado, posicionados como vértices de um losango. Os três eram malhados, e o homem parecia ter peitos maiores do que uma das dançarinas. Um degrau se elevava então na posição dos três, uns 30 cm do palco. As dançarinas usavam asas, plumas, sutiãs cheios de coisas que refletem e calcinhas pequenas.

Eram então duas ou três da manhã, os dançarinos já haviam ido e vindo algumas vezes bem como o saxofonista, que era intercalado com uma mulher que cantava algumas músicas, também acompanhando as batidas eletrônicas, mas não me chamou tanta atenção quanto o saxofonista. As dançarinas entravam sempre com roupas diferentes, e acho que ao todo eram quatro, mas sempre de duas em duas, ora com o cara, ora sem. O Dudu já não vencia muito mais o cansaço e expressava isso abertamente, tanto que uma mulher de uns 45 anos mexeu no cavanhaque dele, como que achando bonitinho ele estar quase dormindo.

Havia uma ruiva, 1,65 m, dançando perto de mim, e parecia se aproximar. Em um momento estava a cerca de 2 m de mim, noutro a 50 cm. Houve troca de olhares, por pouco tempo pra me dar certeza, mas não tempo suficiente para eu achar que havia algo, mas mesmo assim não fui conversar ou dançar com ela. O Dudu falou que tomaria um ar, e eu saí para me recostar no balcão e olhar a festa um pouco de longe. Não sei porque não fui falar com ela, quis, mas não quis. Um tempo depois, voltei para perto da Nay e ela estava dançando com um cara. Fiz sinal para ela, para saber se estava tudo certo, e ela retornou positivamente. Fui tomar um ar com o Dudu. A vista do fumódromo era quase a mesma do elevador, mas mais extensa pelo comprimento da varanda. Voltamos, a Nay logo se livrou do cara, ficamos mais um pouco e fomos embora, o Dudu estava quase morto. Descemos o elevador e fizemos o mesmo caminho da vinda ao contrário, enquanto a Nay nos contava do Português de Coimbra, supostamente médico, que havia dançado com ela, entramos no carro, o Dudu logo dormiu, voltamos, já eram quase cinco.

Novo dia, acordamos pelas nove. Fizemos mais alguns sanduíches, decidimos para quais praias iríamos e pegamos a estrada. No caminho, o Du dormia e eu e a Nay conversamos sobre diversas coisas, mais do que eu lembraria e do que eu gostaria de descrever. Tentamos ir para Cala Mondrago e não sei se achamos a praia ou se chegamos no local errado. E foi assim também em Cala D'Or. Em algum desses lugares até achamos uma praia, mas era ocupada na maioria por idosos e crianças. A vista era muito bonita, estilo uma baía em meio a rochas com algumas casas simples ao redor, mas não ficamos por ali. Seguimos e chegamos em Cala Llombards.

Ao descer do carro não vimos muito da praia, só alguns guarda-sóis daqueles de palha. Chegando mais perto havia um bar à esquerda com dois belos papagaios empoleirados e uma placa escrita "no fotos = no stress". Passamos pelos outros guarda-sóis e pelo bar e vimos a praia, não muito extensa, mas muito bela e com bastante gente. Havia rochas dos dois lados da praia, e a água era clara como a das outras praias. Achamos um lugar para sentar com as nossas coisas. Logo que sentamos, duas gurias sentaram numa toalha à nossa frente e começaram a fazer topless. E fato, olhamos a nossa volta e esse era o local com maior número de topless que havíamos visto na ilha, e com uma boa qualidade, todos os tamanhos e alguns muito bonitos.

Ficamos por ali aproveitando a vista, e tomei um pouco de vinho Jerez que o Dudu havia comprado, é gostoso mas doce demais, prefiro vinho do Porto. Conversamos um pouco sobre coisas aleatórias e eu logo entrei na água. Voltei, deitei no sol para secar e cochilei um pouco. Algum tempo depois o Dudu foi para a água, e depois foi dar uma volta nas pedras à direita. Ficamos curtindo a praia um bom tempo. Comi algo, o Dudu voltou e fui com a Nay dar uma volta nas pedras à direita também. Passamos por um caminho estreito, onde um sujeito branquelo nos deixou passar por primeiro, eu disse "*Dankeschön*" e ele respondeu "*Bitte*".

Vimos um local do qual poderíamos pular, das rochas direto para a água, mas eu havia comido há pouco. Voltamos e logo fomos embora, mudamos os planos, não iríamos mais ao norte da ilha, mas primeiro para casa. Seguimos pela estrada de volta a Peguera.

Chegamos, a Nay foi primeiro pro banho enquanto eu e o Dudu requentávamos o que sobrou do macarrão do dia anterior. Logo ele foi para o banho, e pedi também para a Nay olhar aonde iríamos hoje a noite. Fui para o banho. Saí, comemos, e decidimos ir para a BCM em Magaluf. Estrada, chegamos, estacionamos. Demos uma volta por Magaluf, olhando *souvenirs* e coisas do tipo. Andamos mais um pouco e achamos a tal BCM, haveria um Open Bar por 25 euros e aquelas cores neon que todos se pintam. A noite anterior foi o suficiente para me dizer que eu não estava tão afim, e o fato de ser Open Bar só piorava as coisas. Eu não iria beber, mas também não queria ficar me testando. Enquanto caminhávamos para dar mais uma olhada na região, eu pensava numa saída, mesmo não estando a fim. Falei para os dois que eu poderia voltar para o hotel sem problemas e viria buscá-los depois, mas eles não aceitaram, e me senti culpado como nunca. Eu não consegui achar uma solução que fizesse todos felizes, e isso continuou me incomodando aquela hora.

Seguimos andando mais um pouco e achamos um pub muito barulhento. Chegamos mais perto, e havia alguns alemães ali cantando e bebendo. Ficamos mais um tempo ali, mas não estávamos bebendo e logo saímos. Andamos sentido norte, acho, e logo havia mais lugares iluminados e a rua estava cheia de gente. Subindo a rua, as pessoas começavam a me parar, perguntando de onde eu era e dizendo que meu bigode era legal. Os dois primeiros até foram engraçados, mas depois comecei a ficar de saco cheio. As gurias dali adotaram uma moda de, quanto mais aparecer a bunda usando shorts, melhor. Também era legal no começo, mas um tempo depois estávamos cansados. Eu tentava também achar algo que os dois quisessem no meio de pubs, clubes com *lap dance*, bares, mas a Nay parecia só querer a tal festa e o Dudu não estava afim de muita coisa, o que me deixou pior ainda. Achamos uma tabacaria e compramos cinco charutos bem fininhos, só pra lembrar de como eram os cubanos. Cumpriram o papel para aquela noite.

Uma volta por aquele local concentrado de bares e gente parando você na rua e decidimos que fumaríamos um narguilé, a "shisha". Achamos um *lounge* e enquanto escolhíamos o sabor, uma guria me pediu um favor: que tirasse uma foto com o amigo dela que havia acabado de fazer uma tatuagem no dedo. Falei que sim. Ele havia tatuado um bigode no dedo indicador, no lado, e colocou acima do lábio enquanto tirava a foto comigo. Naturalmente pedi uma foto com o meu celular também. Ao sair, quase não quis me cumprimentar. Rimos, sentamos e esperamos nosso shisha de menta. Ficamos ali fumando, os três meio desanimados, quase sem trocar palavras, praticamente mais de uma hora ali assim.

Voltamos para o carro, pedi para o Dudu ligar o Bluetooth e coloquei o "American Idiot", do Green Day, no máximo, já o St. Jimmy, volume máximo e cantando alto para afastar qualquer sentimento de ter atrapalhado a noite dos outros. Chegando no hotel escrevi um pouco e mandei algumas mensagens, com o mesmo intuito. Fui pra cama.

Acordamos pelas quatro, arrumamos o carro eu e o Dudu e seguimos para o aeroporto – a Nay iria depois de ônibus. Precisávamos abastecer o carro, achamos um posto, o cara cobrou errado do Dudu que teve que negociar com outro cara abastecendo, já que um pagou a conta do outro. Aeroporto, estacionamos e seguimos para o embarque. Mais uma vez sem problemas com a mala, rumo a Berlin, mas tudo o que queríamos era chegar em Franken.

Chegamos em Berlin, a cidade que quase parecia menos Alemanha do que Palma de Mallorca. A única programação aqui era chegar no Café Einstein, no qual o Quentin Tarantino havia filmado uma parte de Inglorious Bastards e esperar nosso ônibus, e talvez encontrar com o Caffé. Saímos do aeroporto de Schönefeld, acho que Berlin tem uns três aeroportos, sentido a rua Kurfürstenstrasse. Descobrimos da pior maneira que Berlin possui duas ruas chamadas Kurfürstenstrasse, então seguimos para a segunda. Andamos por um local com várias árvores, que realmente não remetia a Berlin. O tempo estava ensolarado e não muito quente, e só tínhamos programado isso para fazer, então foi tranquilo. Chegamos ao Café Einstein, e realmente era belo, e numa localização inesperada. Entramos dando uma olhada na parte de dentro, que fez parte da filmagem. Atravessamos o café e fomos sentar na parte de fora. A cena do Christoph Waltz apagando o cigarro no Apfelstrudel é inesquecível. O Dudu pediu um "Wiener Breakfast" e eu pedi o tal Apfelstrudel. O Apfelstrudel era maravilhoso, e os ovos do Dudu estavam perfeitamente cozidos, úmidos na medida certa, não faço nem ideia de como repetir aquilo. Trocamos um pouco de prato, terminamos, seguimos.

Decidimos achar um McDonald's para carregar nossos celulares, e entramos por acaso em um que era antigamente um famoso restaurante em Berlin chamado Mampes Gute Stube. O local era todo antigo, e sentamos próximo a uma tomada e a um relógio de parede em tamanho possível de ficar pendurado, eu diria que uns 70 cm. O Dudu pegou alguma coisa barata para comermos e ficamos ali conversando sobre diversas coisas, no mesmo estilo de conversa que tive com a Nay.

Dali seguimos para o Tiergarten. Achamos um lugar para deitar. Eu fiquei escrevendo e o Dudu tirou um cochilo. Vi alguns esquilos e um corvo rodeando o lixo próximo à nós, e das árvores caiam por todo o local coisas que pareciam plumas, mas não sei o nome. Caiam sobre nós, grudavam nas roupas, mas ainda assim era bonito de ver. Devia ser quase 18h, então seguimos para uma cervejaria para encontrar o Caffé chamada Brauerei Lemke, sobrenome de uma grande amiga minha. Chegamos, sentamos e logo apareceu o Caffé. A placa dizia: a mais velha cervejaria artesanal de Berlin. Devia ser verdade, normalmente é difícil achar cerveja boa de Berlin. Fiquei feliz ao ver o Caffé, ele sentou conosco e tínhamos tantas histórias que não sabíamos por onde começar. Ele não bebeu nada, eu e o Dudu dividimos uma tábua de prova com seis cervejas e depois mais uma cerveja pra cada. Conversamos, matamos a saudade e seguimos depois para a rodoviária de Berlin, a ZOB. Paguei um sanduíche para o Caffé e logo entramos no bus, rumo à Erlangen. Escrevi mais um pouco e dormi. Cada um de nós ocupada dois bancos, o Dudu pareceu dormir direto mas eu tive alguma dificuldade para me ajeitar – não pelo tamanho, sou menor que ele. O ônibus atrasou a chegada em Nürnberg, mas foi bom, já que pudemos ficar mais tempo nele. Pegamos o trem para Erlangen pelas cinco da manhã. Berlin tinha sido uma boa maneira de encerrar a viagem, mas só queríamos chegar em casa.

O trem passava por Franken. Havia neblina, e a visão das árvores no meio dela era linda, maravilhosa, era casa. Passamos por Fürth. Dez graus, neblina, cansados, mas felizes. Eu sabia que chegaria na estação e tiraria a jaqueta de couro, não importa quão frio estivesse. Não sei do futuro, só queria chegar em casa, nos braços de Franken, nos braços da Fränkische Schweiz.

pólen bold 90 gr/m2
tipologia garamond
impresso no verão de 2023